RIMES MORALES

PAR

HENRI DOTTIN

LAVAL
IMPRIMERIE CAMILLE BONNIEUX
RUE RENAISE, 46
1873

RIMES MORALES

PAR

HENRI DOTTIN

LAVAL
IMPRIMERIE CAMILLE BONNIEUX
RUE RENAISE, 46
1873

RIMES MORALES

DU MÊME AUTEUR :

Cent et une épigrammes de Martial, traduites en vers francais, avec le texte en regard et des notes, 1838.

Les Noces de Thétis et de Pelée, poëme de Catulle, traduit en vers français, suivi de *Poésies diverses*, et précédé d'une *Notice sur Catulle*, de M. de Pongerville, de l'Académie française, 1839.

Fables en quatrains, 1840.

Les Cendres d'un Empereur, poëme en trois époques, 1840.

Verselets, 1841.

La Femme de l'Ouvrier, roman en vers, 1843.

Etude littéraire sur Amédée du Leyris, membre du Caveau, etc., 1844.

Etude littéraire sur C.-L. Mollevaut, de l'Institut, etc., 1843.

Chants du pays, poésies, 1845.

Économistes et Industriels, ou résumé de la question du Libre échange, 1847.

Des OEuvres dramatiques de M. Charles Rey, étude littéraire, 1848.

Jeanne Hachette, chanson patriotique composée par Mlle Françoise Sauret, marchande de poisson de mer à Beauvais, 1851.

La Statue de Jeanne Hachette, poésie, 1851.

Notice sur Préville, 1852.

Napoléoniennes, poésies, 1852.

Napoléon III en Italie, cinq chants de guerre, 1859.

Le duc de Larochefoucauld-Liancourt. — Sa vie et sa statue. — Ode et notice, 1861.

Épître humoristique — à un jeune poëte. — 1862.

Épîtres humoristiques, 1864.

Épître à un Millionnaire, 1865.

Ah ! l'on applaudirait vos essors poétiques,
Si vous saviez encor, des fibres sympathiques
Qui sommeillent en nous, réveiller la torpeur.
Mais, vos vers, que sont-ils ? Un mirage trompeur,
Où la phrase flamboie, où le mot étincelle,
Où l'épithète énorme et creuse s'amoncelle.
Chamarés d'oripeaux aux bizarres couleurs,
Sur la corde du vers, poëtes-bateleurs,
Vous savez voltiger, jongler avec la rime ;
Aux entrechats rhythmés votre verve s'escrime.
Eh ! ces tours d'acrobate ont beau nous étonner,
Nous sommes, croyez-moi, tout prêts à les donner
Pour un seul cri du cœur, un seul élan de l'âme
Qui nous fasse verser des pleurs ou nous enflamme.

Le poëte, c'est l'homme en qui la passion
A la source du beau puise l'émotion.
Sous son front qui fermente est-elle fécondée ?
Dans le moule du vers il coule alors l'idée ;
L'imagination, prisme d'or, la revêt
Des reflets d'idéal qu'en son âme il rêvait.

Oh ! quand nous rencontrons cet homme, il nous enchante
Par la sublimité des choses qu'il nous chante,
Et, pleins de souvenirs, nous entendons longtemps
Sa voix vibrer encore en nos seins palpitants.
Mais lorsque l'art des vers n'offre à nos cœurs avides
Qu'un fade cliquetis de mots, de phrases vides,
Dont la frivolité ne peut nous émouvoir,
Vous êtes étonnés, mes beaux rimeurs, de voir
Notre oreille, aux refrains de vos chansons fermée,
S'ouvrir pour écouter, dans la forge enflammée,
Les retentissements des énormes marteaux,
Sur l'enclume sonore, écrasant les métaux,
Et dont la grande voix proclame, sur la terre,
Du devoir, du travail, le dogme salutaire.
Ce long cri de l'usine, au loin répercuté,
Nous dit à tous bonheur, paix et fraternité !
Vous ne comprenez pas, vous, dont la poésie
N'est qu'un miroitement de votre fantaisie ;
Et qui trouvez enfin bon de vous dispenser,
Pour ciseler vos vers, de sentir, de penser,
Vous ne comprenez pas ce chant de l'industrie !
Non ! car toute croyance en votre âme est flétrie.

AUX POÈTES FANTAISISTES.

Quand je songe aux grands jours de luttes poétiques
Où le souffle puissant de nos chefs-d'œuvre antiques
Vers les sommets de l'art portait tous les esprits,
Du vrai, du beau, du juste, avec ardeur épris;
Où la Foi rayonnait, où de nobles croyances
Répandaient leur éclat au sein des consciences
De ces rudes jouteurs qui, pleins de majesté,
S'élançaient à l'assaut de l'Immortalité;
Quand je songe à ces jours et qu'au temps où nous sommes,
Je pèse la valeur de nos petits grands hommes
Dont le cerveau se tord en efforts impuissants
Pour mettre leur esprit au-dessus du bon sens,
Et qui rêvent un art où la fougue insensée
Nargue le sentiment, le goût et la pensée;

Je ne puis, sans sourire, entendre les clameurs
Que vous jetez au vent, fantaisistes rimeurs !
Dans la trame du vers brodant le même thème,
Tous, au siècle de l'or, vous lancez l'anathème.
« Non, dites-vous, la voix aux chants mélodieux,
« Qu'on appelait jadis le langage des dieux,
« Ne trouve plus chez nous une oreille attentive
« Que par son divin charme elle enchante et captive.
« Mais l'homme avec plaisir écoute, dans ces temps,
« L'éclat des lourds marteaux dans la forge battants.
« Leur cadence est plus douce à ses rudes oreilles
« Que deux rimes sonnant l'une et l'autre pareilles.
« Oui, pour lui plaire, il faut que les bruits le frappant
« Ebranlent tout son corps, lui brisent le tympan ;
« Il lui faut l'aigre cri de la lime mordante,
« Des rouages aux dents de fer la voix stridente,
« Et des soufflets gonflés les lourds mugissements,
« Et des rouges fourneaux les sourds bourdonnements.
« Quoi ! c'est pour ce fracas d'enfer que, sans nous lire,
« On nous délaisse, nous, les maîtres de la Lyre !
« Mais, que faudrait-il donc maintenant inventer
« Pour se faire applaudir ou du moins écouter ! »

FABULETTES.

LE DOGUE.

« Si j'étais chat, disait un dogue à l'air sinistre,
Je ne serais jamais voleur assurément. »
Devenu chat, il fut et voleur et gourmand.
J'entends crier partout : Oh ! si j'étais ministre !

L'ÉTINCELLE ET LE BARIL DE POUDRE.

Une étincelle tombe en un baril de poudre
Qui, prenant feu soudain, tonne comme la foudre,
Eclate ; autour de lui, Dieu ! quel ravage il fait.
Souvent petite cause a produit grand effet.

LE LION ET LE RENARD.

Un renard voit un bœuf qu'un lion étranglait.
« En vérité, dit-il, c'est par pure bêtise
Que j'ai scrupule, moi, de croquer ce poulet. »
Des actions des grands le petit s'autorise.

LE CHEVAL BOITEUX.

Certain cheval boiteux disait avec fierté :
« Une jument célèbre en ses flancs m'a porté. »
On voit encor des gens, par orgueil et faiblesse,
A défaut de mérite, étaler leur noblesse.

L'OISEAU CAPTIF.

« Autrefois de la faim tu souffrais dans la plaine ;
Ta cage maintenant de mets est toujours pleine,
Et pourtant, bel oiseau, tu n'as plus ta gaieté ;
Que te manque-t-il donc, réponds ? — La liberté ! »

Quel sentiment en vous pourrait encor germer?
Votre cœur ne sait plus ce que veut dire aimer.
L'enthousiasme a fait place à la raillerie ;
Il n'est rien de sacré dont votre esprit ne rie ;
Et vous vous érigez en poëtes, oh ! non !
Pour vous montrer, un jour, plus dignes de ce nom,
Croyez en Dieu ! Songez au sublime mystère
Qui voile les destins de l'homme sur la terre ;
Croyez aux saintes lois du devoir ; respectez
Des siècles qui sont morts les hautes vérités.
Croyez à la famille ; aimez votre patrie,
Comme l'enfant sa mère, avec idolâtrie.
Ah ! n'insultez jamais, par vos propos railleurs,
Aux vertus qui nous font grands, généreux, meilleurs.
Dans toutes ses splendeurs admirez la nature ;
Votre esprit n'ira plus courir à l'aventure.
Quand vous croirez, alors, ô poëtes, chantez
Avec l'âme et le cœur, vous serez écoutés.

LE CIERGE.

Devant l'image de la Vierge,
Dans les lieux saints on voit souvent
Brûler un pauvre petit cierge,
Offrande d'un amour fervent.

Que de douleurs redit à l'âme,
Dans le temple silencieux,
Ce petit cierge dont la flamme
Monte en prières vers les cieux.

Tantôt c'est le cri d'une mère
Pleurant sur l'enfant adoré,
Qui, tel que la fleur éphémère,
Penche son front décoloré;

Tantôt la voix qui se lamente,
Lorsque, en proie aux fureurs des flots,
Luttent en vain dans la tourmente
Les bras raidis des matelots.

C'est aussi la prière ardente
De l'orpheline, en ses combats,
Cherchant au ciel la confidente,
L'appui qui lui manque ici-bas.

Ces cris, ces voix et ces prières,
O Vierge, vous les entendez ;
Sur tant de douleurs, de misères,
Rayon d'amour, vous descendez.

Et la mère, tout en alarmes,
Dont l'enfant pâle allait mourir,
Voit bientôt l'objet de ses larmes
Sous votre souffle refleurir.

Puis, vous dites à la tempête :
« Au frêle esquif ne touche pas ; »
Et le matelot sur sa tête
N'entend plus mugir le trépas.

LE BOIS, LA FLAMME ET LE SOUFFLET.

A la flamme le bois criait : « Miséricorde !
Que tu me fais souffrir en me brûlant ainsi. »
— « Mais, mon cher, au soufflet il faut te plaindre aussi,
Car coupable est celui qui souffle la discorde. »

De l'orpheline, enfin, vous faites
Cette humble sœur de charité,
Qui, loin du monde, loin des fêtes,
Vit calme dans sa chasteté.

Oui, sous votre aile protectrice
Tous les faibles se sont rangés;
Vous êtes la consolatrice
Des pauvres et des affligés.

Et comme vous, ô douce Vierge,
Chaque fois que j'ai vu brûler
Sur vos autels un petit cierge,
J'ai senti mes larmes couler.

FABULETTES.

LE NOMBRE ET LE ZÉRO.

« Sans moi tu n'aurais pas de valeur sur la terre, »
Au zéro son voisin disait un numéro.
Que de gens ici-bas pour qui leur secrétaire
Fait l'office d'un nombre en avant d'un zéro.

LE ZÉRO RÉPONDANT AU NOMBRE.

« Oui, répond le zéro, quand avant toi je passe,
Je ne suis rien ; sur moi lorsque tu prends le pas,
J'ai beaucoup de crédit : n'en résulte-t-il pas
Qu'il faut que pour valoir chacun soit à sa place.

L'HIRONDELLE.

Une jeune hirondelle, au retour du printemps,
Cherchait son ancien nid pendant à ma fenêtre.
Après avoir au loin, comme elle, erré longtemps,
L'homme revient toujours au toit qui le vit naître.

LE VIEILLARD ET LA MORT.

Un vieillard s'écriait : Viens, je t'appelle, ô Mort !
Pour guide j'eus l'honneur, je mourrai sans remord. »
Mais la Mort lui répond : « Réprime cette envie;
Qui m'implore, vieillard, fait accuser sa vie. »

LE CHAT ET LA SOURIS.

Par hasard dans un piége un chat est pris : soudain
Gente souris de lui s'approche, et d'un air grave :
« En champ clos je t'attends ; viens donc, viens donc,
[gredin ! »
N'est-il point de danger? le poltron fait le brave.

L'AVOCAT.

Un avocat courait au palais, haletant :
Sans doute pour plaider une importante affaire;
Non, car c'était Motus, l'avocat consultant.
Tel qui fait l'empressé n'a souvent rien à faire.

A UN JEUNE BACHELIER.

Vous avez donc mis bas l'habit de l'écolier ;
Vous êtes homme enfin et de plus bachelier !
Clouée assez longtemps sur les bancs du lycée,
Aux champs de l'inconnu vole votre pensée ;
Vous songez que ce titre, écrit sur parchemin,
Du monde va bientôt vous ouvrir le chemin.

Quand on a, comme vous, constamment fort en thème,
De l'Université reçu le grand baptême,
On fléchit sous le poids de ses illusions ;
Le regard ébloui de mille visions,
On nourrit en son cœur de bien douces chimères
Que la réalité peut, hélas ! rendre amères.

Laissez-moi donc, guidant votre jeune raison,
Dérouler devant elle un nouvel horizon.

Vous êtes bachelier !... d'Athènes et de Rome
Vous avez respiré le généreux arôme;
D'un poëte sublime ou d'un grand orateur
Votre esprit a souvent contemplé la hauteur,
Et, parmi les héros des maîtres de la terre,
Vous avez admiré plus d'un beau caractère.
Dans la société de ces nobles esprits,
D'un fantôme idéal vous vous êtes épris;
C'est bien !... Mais n'est-il pas utile de connaître
Aussi l'aspect du siècle où Dieu vous a fait naître?

Etudions d'abord nos imberbes Catons :
Voyez ces jeunes gens, espèces d'avortons,
Aux regards hébétés, aux paupières rougies
Par les nuits sans pudeur des brûlantes orgies.
Quoi ! ce sont là les fils de ces hommes d'airain
Qui suivaient de l'honneur le code souverain,
Et, pleins du fier élan d'une âme bien trempée,
Pour Dieu, leur roi, leur dame arboraient leur épée !

Ah ! tous ces grands aïeux, comme ils crieraient haro
Sur ces amis du roi de pique ou de carreau,
Qui jettent leurs enjeux dans des tripôts infâmes;
Sur ces faux paladins, calomniant les femmes,
Parce qu'ils n'aiment plus que d'impures Phrynés
Qui les sèvrent d'amour quand ils sont ruinés;
Sur ces enfants flétris, usés par la débauche,
Qui ne sentant plus rien battre sous leur sein gauche
Et voulant redorer leur antique maison,
Aux filles de banquier vont vendre leur blason !

Allez, mon bachelier, aux fils de noble race,
Allez parler un peu d'Homère ou bien d'Horace;
Que vous serez honni !... Ces superbes crétins
N'ont que faire, ma foi, des grecs et des latins !
Tout cela n'est pour eux qu'objet de railleries;
Mais ils savent à fond l'argot des écuries;
Ils ont appris les noms des célèbres chevaux
Qui, vainqueurs sur le turf, ont reçu leurs bravos;
Et si leur blanche main daigne, par aventure,
Cueillir des fleurs au champ de la littérature,

Où vont-ils les chercher? En d'ignobles romans,
D'un infime cerveau tristes avortements;
En ces mémoires nés de la plume malsaine
D'un écrivain vendu, contant la vie obscène
Des reines du jardin où Mabille, l'été,
Convoque les mollets à la célébrité!

Arrière, jeunes fous!... Car je cherche des hommes!
Mais en est-il encor dans le siècle où nous sommes?
Ce siècle où de l'argent la vile passion
Flétrit le dévouement et l'abnégation!
O jeune bachelier, aux comptoirs des boutiques,
Dans les salons, portez vos rêves poétiques,
Et vous verrez partout de cet argent maudit
Errer le blanc fantôme! Ecoutez ce qu'il dit :
« Je suis le seul vrai dieu qu'il faut que l'on adore.
« On me voit, on me touche! à celui qui m'implore
« Je donne tout, honneurs et plaisirs! sous ma main
« Un homme est transformé du jour au lendemain :
« Du dernier des manants je puis faire, à ma guise,
« Un puissant personnage; un sot, je le déguise

« En auteur plein d'esprit; quand j'ai mis le harpon
« Sur l'honnête homme, alors je le change en fripon. »

Et devant les autels du Dieu de la matière
Voyez-vous s'incliner la nation entière,
Prête à sacrifier et son sang et sa chair!
Tous offrent à l'envi ce qu'ils ont de plus cher;
L'un son esprit, son cœur; l'autre sa conscience;
Celui-ci ses vertus, celui-là sa science;
Plus d'un livre sa femme ou vend sa liberté;
La pauvre fille enfin donne sa puberté!

Vous entrerez bientôt, jeune homme, dans ce monde:
Je vous l'ai peint bien noir, vous le trouvez immonde.
Oh! n'allez pas pourtant, sur la foi de mes vers,
Prendre tout en dégoût et tout voir de travers.
Vos maîtres vous l'ont dit sans doute en rhétorique:
Rien n'est exagéré comme un vers satirique.
Si le siècle est en proie à maint déréglement,
Il est encor des cœurs tout prêts au dévouement,
Et vous rencontrerez encore plus d'une âme
Que le vrai, que le juste échauffe de sa flamme.

Ah ! pour ce qu'elle vaut prenez l'humanité !
Rêveur, n'essayez pas, à la société,
D'imposer l'idéal d'une vaine utopie,
Afin que les brouillards de la misanthropie
Ne viennent point troubler, dans sa sérénité,
Votre cœur, où l'amour du beau s'est implanté.

Quand votre char sera lancé dans la carrière,
Vous aurez à lutter, car plus d'une barrière
Devant vous grandira ; car plus d'un intrigant
A votre noble ardeur viendra jeter le gant.
Soyez maîtres de vous ; que votre esprit s'allège
Du poids des rêves d'or qu'il forgeait au collège,
Et ne dites pas trop : O romaines vertus !
Où sont les Paul-Emile et les Cincinnatus !

FABULETTES.

LE MALADE ET SON BATON.

Un malade sentant renaître sa souplesse,
Jette au feu le bâton qui soutint sa faiblesse.
Combien de députés, à peine réélus,
Sont envers l'électeur plus chiches de saluts !

LES DEUX CHIENS.

« Au même rang que moi, disait le beau Médor,
Vil chien de mendiant, oses-tu bien te mettre ? »
« — Comme moi n'es-tu pas sous la verge d'un maître ?
Qu'importe qu'un collier soit fait de cuivre ou d'or. »

LE PÈLERIN ET LE MIRAGE.

Pour atteindre au désert un séduisant mirage,
Un pèlerin lassé marchait avec courage;
Le mirage toujours fuyait devant ses pas.
Ainsi l'homme au bonheur marche et ne l'atteint pas.

LES FLEUVES ET L'OCÉAN.

A l'immense Océan les fleuves de la terre
Se plaignaient de porter leur onde tributaire.
Hélas ! de notre sort leur sort nous avertit :
La mort est l'océan où l'homme s'engloutit.

LES CHEVEUX ET LE PEIGNE.

Au peigne les cheveux criaient : « Pour quel forfait,
Cruel, nous poursuis-tu de ta dent importune? »
« — De votre peu de soin ce tourment est l'effet. »
Bien souvent le désordre amène l'infortune.

LA PERRUCHE ET LE ROSSIGNOL.

La perruche disait du rossignol : « Vraiment,
S'il chante mal, du moins son plumage est charmant. »
D'elle le rossignol disait : « Que son ramage
Est donc délicieux, mais quel affreux plumage. »

A UN MILLIONNAIRE.

Vous êtes riche, Armand, mais riche à millions;
L'or n'entre plus chez vous que par gros bataillons;
Dans vos nombreux palais de ville et de campagne,
Du faste et des grandeurs l'éclat vous accompagne;
Cent valets empressés, sous vos moindres désirs,
Courbent leur souple échine; il n'est point de plaisirs
Qui ne viennent en foule assiéger votre vie;
Sans cesse on vous adule et l'on vous porte envie;
Cependant gorgé d'or, de volupté, d'honneur,
Hier vous m'avez dit : « Où donc est le bonheur ?
« Je l'ai cherché partout : J'ai parcouru la terre,
« Des volcans endormis visitant le cratère;
« La grande voix des mers sur ma tête a grondé;
« Sur des glaciers béants je me suis hasardé,

« Dans leurs gouffres sans fond plongeant un œil avide ;
« Rien ! Je n'ai rien trouvé ! mon cœur est resté vide.
« Alors, au tourbillon du monde me mêlant,
« J'étalai de mon or le luxe étincelant ;
« A des fêtes sans fin, nouveau Sardanapale,
« Je conviai Paris. Le soleil était pâle
« A côté de ces nuits, aux reflets éclatants,
« Où je fis de l'hiver un éternel printemps ;
« Et je n'eus point d'amis, mais d'ingrats parasites,
« Au menu des soupers, mesurant leurs visites.
« Mon pauvre cœur bientôt ne puisa guère au fond
« De ces plaisirs trompeurs qu'un ennui plus profond.
« Et maintenant mon âme est triste, et rien n'apaise
« Le feu qui gronde en moi ; ma richesse me pèse ;
« Je maudis ces trésors qui n'ont pu m'acheter
« Un peu de ce bonheur que je voudrais goûter »

Ah ! ce bonheur, Armand, vous allez le connaître.
Suivez-moi, regardez cette sombre fenêtre
Où la clarté du jour n'ose pas pénétrer.
Un instant avec moi ne craignez pas d'entrer

Dans ce taudis infect, dans cet obscur repaire.
Voyez cet homme, il souffre étendu, c'est le père
De cinq petits enfants naguère frais et beaux,
A présent plus flétris que leurs sales lambeaux.
Le pain ne manque pas quand cet homme travaille;
Mais aujourd'hui cloué sur ce grabat de paille,
Il a vu la famine à sa table s'asseoir.
Sa pauvre femme a beau, du matin jusqu'au soir,
Si frêle, hélas ! pour tous travailler sans relâche,
Elle n'y peut suffire et succombe à la tâche.
Aussi, quelle misère est venue à la fin !
Si les petits enfants disent : Nous avons faim ! »
Pas de pain ! S'ils ont froid, au foyer pas de flamme !
Et ce triste tableau de l'ouvrier fend l'âme.

Ah ! vous avez de l'or, donnez, donnez, Armand,
Et de ce père en pleurs apaisez le tourment !
Qu'il puisse voir, autour de l'âtre qui flamboie,
De ses enfants repus s'épanouir la joie !
Que l'espoir refleurisse en ces cœurs ulcérés !

Et maintenant ouvrons cette porte : admirez

Le gracieux profil de cette jeune fille
Brûlant ses yeux d'azur aux points de son aiguille.
Elle n'a plus personne au monde pour soutien !
Elle n'a pas un cœur qui batte auprès du sien !
Non ! tous ceux qui l'aimaient sont morts ; ils l'ont laissée
Seule ici-bas, pleurant, au malheur fiancée.
Aucun plaisir ne vient sourire à ses ennuis ;
Bien souvent à veiller se consument ses nuits.
Et tout ce qu'au sommeil son courage dérobe
Peut à peine payer l'étoffe d'une robe.
Et pourtant, jeune et belle, au velours, au satin
Se marierait si bien la fraîcheur de son teint !
Ah ! malheur, si jamais dans son âme abusée
Se glissait le venin d'une telle pensée,
Et si d'un faux amour le prisme séducteur
Étouffait sa vertu sous un luxe menteur !
Oh ! sans doute elle sait qu'un bon ange la garde,
Que sans cesse, du ciel, sa mère la regarde ;
Mais souvent l'innocence, en sa fragilité,
Voit un instant d'oubli ternir sa pureté.
Pauvre enfant ! Des dangers du monde que sait-elle,
Si naïve de cœur, sans guide, sans tutelle !

Sur celle d'un mari pourrait-elle compter ?
Un mari ! de nos jours, il le faut acheter !

Vous êtes riche, Armand, donnez, donnez encore
Pour doter cette enfant que la candeur décore,
Et détourner ses pas des piéges qu'on lui tend !
Dérobez une proie au vice qui l'attend.

Montons, montons plus haut ! quelle crainte m'agite ?
Hâtons-nous ! sous ce toit, dans cet infâme gîte,
La mort peut-être aura devancé le sauveur,
Un homme pâle est là, penchant son front rêveur
D'où tombe la pensée en torrents d'harmonie.
Quel mal l'a consumé ? La foi dans son génie !
Il a rêvé la gloire, hélas ! rêve fatal,
Qui souvent va finir sur un lit d'hôpital !
Des hommes ont brisé la coupe d'ambroisie
Qu'à leurs lèvres offrait sa noble poésie.
« Il chante, disent-ils, eh ! qu'importent ses chants ?
« Cela fait-il jaunir les moissons dans nos champs ?
« Avons-nous donc besoin de ces voix inutiles,
« Jetant au vent l'écho de leurs rimes futiles ?

« Sur nos chiffres courbés, lorsque nous pâlissons,
« Ces beaux rêveurs iraient fredonnant leurs chansons !
« De tels fous il est temps qu'enfin l'on nous délivre ;
« Qu'ils meurent, si leur art ne peut les faire vivre ! »

Non, qu'ils ne meurent pas ces poëtes aimés !
Que notre âme tressaille à leurs chants enflammés !
De l'or, Armand, de l'or aux élus de la Lyre !
De l'or pour ces beaux vers que le cœur seul sait lire !

Oui, goûtez ici-bas, Armand, la volupté
Qu'épanche en notre sein l'ardente charité ;
Oui, versez de votre or le baume salutaire
Sur tout ce qui gémit et souffre sur la terre ;
Puis, quand vous compterez, en silence, les pleurs
Séchés par votre main, et toutes les douleurs,
Tous les maux soulagés par vos nobles largesses,
Vous ne secouerez plus le poids de vos richesses,
Loin des fades plaisirs d'un monde suborneur,
Non, vous ne direz plus : Où donc est le bonheur ?

FABULETTES.

LE MENTON ET LE RASOIR.

Le menton au rasoir : « Tu m'écorches, mon cher. »
« — C'est pour couper ce poil. » Lecteur, que vous en
Maint avoué, je crois, à ce rasoir ressemble ; [semble?
Pour enlever un poil il enlève la chair.

LE RENARD ET LE CHIEN.

« Ah ! monseigneur, voyez les pleurs de l'innocence ! »
Dit le renard au chien qui, du titre enchanté,
Laisse fuir le renard plein de reconnaissance.
Que de gens généreux par pure vanité.

LES DEUX PERROQUETS.

Un jeune perroquet et nuit et jour jasait,
Riant de son voisin qui jamais ne causait.
Or, son muet voisin savait que, sur la terre,
Aux leçons du malheur on apprend à se taire.

LE MARIN.

Sur le bord de la mer jeté par un orage,
Un marin se plaisait à contempler la rage
Des flots, en mugissant, vers le ciel élancés.
Doux est le souvenir des maux qui sont passés.

LE ROI.

« A quoi bon me forger des craintes éternelles,
Dit un roi, n'ai-je pas de bonnes sentinelles ? »
De craindre encor pourtant il aurait eu raison ;
C'est dans les coupes d'or que se boit le poison.

LE CHAT.

Certain chat bon enfant, trouvant un frais laitage,
Se dit : « Le laper seul serait d'un vrai glouton ; »
Et joyeux, au régal il invite Raton.
Il n'est de doux plaisirs que ceux que l'on partage.

A UN PEINTRE.

A quoi bon exhaler des regrets superflus !
Ami, vous dites vrai, non, le grand art n'est plus !
Le grand art des Rubens et des Paul Véronèse.
Un peintre, de nos jours, ne se trouve à son aise
Qu'en ces cadres mignons qu'embellit Meissonnier.
Non, le grand art n'est plus ! Qui voudrait le nier
Devant tous ces tableaux qui ne représentent guères
A nos regards déçus que des scènes vulgaires;
Où le joli se met à la place du beau;
Où l'artiste souvent rejetant le flambeau
De l'idéal divin, emprunte à la nature
Tout ce qu'elle enfanta dans ses jours de torture,
Et, cherchant à montrer que le vrai seul lui plaît,
Sous son rude pinceau fait grimacer le laid !

Oui, tout se rapetisse au siècle réaliste ;
De nos vertus, hélas ! bien petite est la liste,
Et nos cœurs, pour loger les nobles sentiments,
Se font aussi petits que nos appartements.
Cependant on nous dit : L'humanité progresse.
Avons-nous éclipsé les sculpteurs de la Grèce ?
Est-il un monument, chef-d'œuvre de nos mains,
Prêt à se comparer aux colosses romains ?
Ces poëmes de pierre, immenses cathédrales,
Où l'art monte en arceaux, en ogive, en spirales,
N'ont point vu, de nos jours, auprès d'eux se dresser
Un seul temple, en splendeurs, pouvant les effacer.

Fi de l'enthousiasme et des saintes croyances !
Nous marchons à grands pas à travers les sciences :
Le chiffre règne en maître, et l'art se fait métier :
On devient peintre ainsi que l'on devient courtier
Pour gagner beaucoup d'or ! Eh ! la gloire, qu'importe !
Nous ne recherchons plus que celle qui rapporte
Assez pour étancher la soif de nos désirs
Dans les torrents impurs du luxe et des plaisirs.

Non, le grand art n'est plus! Où sont-ils ces génies
Qui, retrempant leur âme aux sources infinies,
L'épanchaient en couleurs splendides aux parois
Des temples, des palais? Courtisés par les rois,
Et fêtés par les grands, ils suspendaient aux salles
Des Mécènes d'alors leurs œuvres colossales.
Loin des frivolités de ce monde ils vivaient
Dans les conceptions si nobles qu'ils rêvaient,
Et bien souvent de l'art la dévorante flamme
De ces prédestinés trop tôt consumait l'âme.
Ils succombaient martyrs; mais la Gloire venait
Et, tout jeunes encor, dans ses bras les prenait.
Oh! parmi ces beaux noms qui traversent l'espace
En traits de feu, j'en sais un bien doux qui surpasse,
Par le charme et l'éclat, tous ses brillants rivaux;
Un nom qu'ont illustré d'innombrables travaux,
Le nom de Raphaël! Peintre de la Madone,
Il connut à quel prix la gloire à nous se donne;
Prêtre de l'idéal, dans un reflet des cieux
Il trempait son pinceau sublime et gracieux.
Aux célestes parvis si son âme est allée,
Ah! de quel œil d'amour la Vierge immaculée,

Dont il para le front de suaves pudeurs,
Fut par lui contemplée au milieu des splendeurs
Et des rayonnements de la voûte azurée.
Dans son éclat divin, dès qu'il l'eut admirée,
Il baissa ses regards, sans doute en se disant :

« O Vierge que je vois face à face à présent,
« Quand je reproduisais vos doux charmes, que n'ai-je
« Pu mélanger l'azur et la rose et la neige !
« Pourquoi donc au soleil n'ai-je pu dérober
« Un de ces chauds rayons venant sur moi tomber !
« Peut-être alors ma main n'eut pas été rebelle
« A tracer les contours d'une image si belle.
« Hélas ! mes froids pinceaux, ô Vierge, je le sens,
« Pour peindre tant de grâce étaient trop impuissants.»

Non, non ! De Raphaël les œuvres immortelles
Défieront tous les temps, et ses Vierges sont telles
Qu'ici-bas, où de l'homme est borné le pouvoir,
Seul, l'apôtre du beau pouvait les concevoir.
Qui ne l'admirerait, quand du grand art qui tombe,
Nos peintres, à l'envi, veulent creuser la tombe !

L'art naguère comptait quelques élus : Vernet,
Ingres et Delacroix ; la Gloire les connaît.
Ils sont morts. Fasse Dieu que bientôt il se lève
De ces maîtres aimés un noble et digne élève !
Ah ! si j'en crois l'espoir qu'à tous vous inspirez,
Cet élève, c'est vous, ami, qui le serez.

FABULETTES.

L'APPÉTIT ET LA SOBRIÉTÉ.

L'appétit, las enfin de vivre solitaire,
Pour femme prit un jour dame sobriété ;
L'estomac fit, dit-on, l'office de notaire :
Ce fut de cet hymen que naquit la santé.

LE COQ D'INDE.

Sous un long manteau noir où son rabat glissait,
Un coq d'Inde à pas lents et comptés s'avançait ;
D'un professeur de droit il avait l'apparence.
L'air grave sert souvent de masque à l'ignorance.

LES DEUX LIVRES.

Un livre à tranches d'or, vêtu de maroquin,
Rougissait de se voir près d'un sale bouquin :
Qu'était notre élégant ? un roman éphémère ;
Et son voisin poudreux ? *l'Iliade* d'Homère !

LE SINGE ET L'OURS.

Le singe dit à l'ours : « Le Destin, à ta race,
D'un petit bout de queue à peine a-t-il fait grâce. »
«—Ma queue est, répond l'ours, plus longue qu'il ne faut.»
Nous ne voulons jamais convenir d'un défaut.

LA PLUME DE FER ET LA PLUME D'OIE.

Plume de fer, un jour, disait à plume d'oie :
« Comment donc se fait-il que l'homme me rudoie,
Tandis qu'avec douceur je le vois te choyer ? »
« — En voici la raison : Tu ne sais pas ployer. »

L'ENFANT ET LE POMMIER.

Un enfant rencontra sur le bord du chemin
Un superbe pommier ; pour lui quel jour de fête !
Plus tard il y revint, la récolte était faite.
Le bonheur promet-il d'avoir un lendemain.

OISIFS ET TRAVAILLEURS.

Quels sont ces jeunes gens dans cette loge assis ?
Tous joyeux et bruyants, ils sont là cinq ou six.
Combien de leurs habits la coupe est élégante !
Avec quel art divin leur blanche main se gante !
Leurs pantalons collants ne font pas un seul pli ;
Le nœud de leur cravate est d'un charme accompli ;
On pourrait se mirer dans leurs bottes vernies,
Et leurs cheveux, avec des grâces infinies,
Découlent de leurs fronts en anneaux odorants.
Nonchalamment penchés, de leurs regards mourants
Qui s'arment d'un binocle, ils fouillent chaque loge,
Et lancent en passant l'épigramme ou l'éloge.
Quels sont ces jeunes gens ? Des gandins, des lions.
Leurs pères ont gagné quelques bons millions

En faisant le négoce, eux trouvent plus commode
De tenir en leurs mains le sceptre de la mode.
Ils se donnent beaucoup de mal à dépenser
Ce que d'autres ont su lentement amasser.
Quels sont ces jeunes gens ? Des fats, des inutiles,
N'occupant leur ennui que de choses futiles,
De chasses et de chiens, de courses de chevaux,
De paris, de soupers, de vêtements nouveaux,
Et de plus, étalant la mesquine faiblesse
De couvrir leur berceau d'un vernis de noblesse.
Leur père se nommait ou Germont ou Valcourt,
Ils ont trouvé ce nom trop roturier, trop court,
Et, ma foi, ces messieurs se sont donné carrière,
Sans scrupule ajustant, par devant, par derrière,
A cet infime nom quelques lettres, les sots !
Puis, sur des parchemins qu'ils scellent de leurs sceaux,
S'anoblissant eux seuls, ils ont sur leur voiture,
Sous un badigeon d'or effacé leur roture.

Vive Dieu ! messeigneurs, ce n'était pas ainsi
Que faisaient les Crillon et les Montmorency :

Ils ne conquirent pas leurs titres de noblesse
Dans le fond d'un boudoir, au sein de la mollesse,
En prodiguant de l'or aux filles d'opéra;
Ce glorieux blason qui vous éclipsera,
Ils allaient le gagner sur des champs de bataille;
Vous vous dressez en vain pour atteindre à leur taille,
Et cela fait pitié !...

Sommes-nous en enfer?
Pourquoi ces feux grondant, ces grincements de fer?
Sous ce toit enfumé, voyez ces hommes sombres,
Le long de ce brasier, jetant de grandes ombres.
Écoutez, on entend les soupirs des damnés,
Qu'au fond de la fournaise ils tiennent enchaînés.
Écoutez, on entend les rires ironiques,
L'éclat des voix, les chants aux rhythmes sataniques,
Et le bruit des marteaux, de moment en moment,
Sur les métaux en feu, retombant lourdement.
Sommes-nous en enfer ? Non, ces hommes sinistres
Ne sont point de Satan les farouches ministres,
Mais de bons ouvriers qui, le cœur bien content,
Dans leur atelier noir travaillent en chantant;

Et ces soupirs sont ceux du soufflet qui tourmente
Dans la forge le feu que la braise alimente.
Courage, compagnons, et redoublez d'efforts !
Chauffez, battez le fer, vous avez des bras forts;
Et vive le travail ! Ne portez pas envie
A ces riches oisifs qui promènent leur vie
De tristesse en tristesse, et d'ennuis en ennuis.
Vos jours sont beaucoup moins fatigants que leurs nuits.
Vous êtes libres, vous, tandis que leur fortune
Les charge pour jamais d'une chaîne importune
Qui met un frein à tout. Vous ne savez donc pas
Que leurs fades plaisirs sont réglés au compas,
Que leurs mots sont fardés, que toujours l'étiquette
Les empêche de rire à la bonne franquette
Comme vous riez, vous, entre amis; que leur cœur
Cache sous un dehors aimable un air moqueur;
Qu'au sein de son hôtel pas un seul d'eux n'est maître,
Qu'il doit, à chaque instant, en souriant, admettre
Un tas de visiteurs ennuyeux, ennuyés.
Sont-ce là des plaisirs dignes d'être enviés?
Pourtant, quand un Crésus, vous éclaboussant, passe
Sur les coussins d'un char qui dévore l'espace,

Vous le dites heureux, et puis vous maudissez
Le sort qui sous son joug vous tient si bas placés,
Vous écriant : « Puissé-je aussi faire étalage
De mes laquais dorés, de mon riche attelage ! »
Eh ! fous, vous avez mieux que cela, la gaieté !
Vous avez des trésors d'amour, de liberté !
Bien que ne dormant pas sur des coupons de rente,
Vous n'avez nul souci, point de nuit dévorante ;
Les révolutions passent sans vous toucher ;
Vous pouvez devant tous, et le front haut, marcher ;
Et vous voulez de l'or ! pour être ses esclaves,
L'adorer et sentir, comme d'ardentes laves,
L'amour de ce brillant métal vous consumer,
Trop heureux, mille fois, si vous saviez aimer
Votre modeste sort et son indépendance !
Gouvernez votre barque avec moins d'imprudence !
Ne vous exposez pas à des regrets amers,
Et songez que s'il est des rochers dans les mers,
Des écueils sur lesquels va se briser notre âme,
Il ne faut pas voguer sans voile ni sans rame,
Connaissez la sagesse et la sobriété ;
Pour récolter, l'hiver, semez pendant l'été.

FABULETTES.

LA SOTTISE.

Dans une académie un jour se présenta
La Sottise : tu crois qu'elle y fut importune ?
Détrompe-toi, lecteur, pour membre on l'adopta
Sur un certificat signé par la Fortune.

L'ENNUI.

L'Ennui bâillait disant « Plus rien ne m'intéresse,
« Tout plaisir à mon cœur est fade et rebutant ;
« Marions-nous ! » Plus tard il bâillait tout autant :
Ah ! c'est qu'il avait pris pour femme la Paresse.

LE PAPIER ET LA LOQUE.

Le papier se moquait de la loque fort sale
Qu'un valet insolent chassait hors d'une salle.
« Il te sied bien, ma foi, de me railler ainsi :
« Ne te souvient-il plus que tu fus loque aussi ? »

L'ESQUIF.

Sur le dos de la vague un esquif jusqu'aux cieux
S'élance avec orgueil, mais bientôt il retombe;
Sous lui la mer s'entr'ouve et la mer est sa tombe.
Le flot est la faveur, l'esquif l'ambitieux.

LE TYRAN ET LES DEUX ASSASSINS.

Sur un tyran un homme avait levé son glaive,
On le pend. Ce tyran plus tard tombe abattu
Par un autre assassin qu'aux honneurs on élève.
Le succès trop souvent change un crime en vertu.

L'IVROGNE ET LA BOUTEILLE VIDE.

Un ivrogne à l'œil terne, à la face livide,
Sur le pavé brisait une bouteille vide.
« Mon crime, quel est-il ? » demandait-elle en vain ;
Son crime, hélas ! c'était de n'avoir plus de vin.

A MADAME LA COMTESSE DE L...

SŒUR DE LA CHARITÉ.

Madame, il vous souvient peut-être encor du temps
Où je vous ai connue : alors vos dix-huit ans
Sur votre front si pur formaient une couronne
De grâce et de candeur ; et vous étiez si bonne
Que pas un malheureux ne s'en était allé
Sans bénir votre nom, sans être consolé.
Mais si, la bourse en main, vous étiez la première
A porter le bonheur dans la sombre chaumière
Où de froid et de faim le pauvre se mourait,
Dans les salons aussi chacun vous admirait,
Dès que vous paraissiez, modeste en votre mise.
Dans le cercle brillant où vous étiez admise,

Vous répandiez sur tous l'éclat d'une beauté
S'ignorant elle-même en sa simplicité;
Et votre esprit charmant, plein d'aimables surprises,
N'offrait point un tissu de ces phrases apprises,
Qu'assaisonne parfois le sel d'un trait moqueur;
Non, vous saviez parler le langage du cœur,
Et faire naître en nous un sentiment si tendre,
Qu'on ne se lassait pas de venir vous entendre.
Votre voix s'imposait au sceptique railleur;
On sentait, près de vous, qu'on devenait meilleur.

Plus tard, je vous revis heureuse épouse et mère;
Vous portiez un grand nom, mais point en femme altière,
Qui ne descend jamais du haut de sa grandeur
Et d'un faste insolent étale la splendeur.
Vous étiez humble et douce, en vos devoirs austère;
On estimait en vous un digne caractère.
Au foyer domestique où siégeaient vos vertus,
Souvent on rencontrait bien des cœurs abattus
Qui, dans vos entretiens, retrempant leur courage,
Sur l'océan du monde allaient braver l'orage.

Oh ! vous étiez heureuse ! et d'amour étouffant,
Votre cœur débordait sur votre cher enfant,
Sur votre noble époux ; tous deux, pleins de tendresse,
Avec vous du bonheur goûtaient la douce ivresse.
Hélas ! pourquoi faut-il que j'aie à retracer
Le tableau des douleurs qui vinrent remplacer
Cette oasis de paix où coulait votre vie
Tranquillement, sans bruit, pour ne point faire envie !
Votre mari mourut... quand vous vous aimiez tant !...
Quel deuil !... il vous fallut vivre encore pourtant
Pour un fils adoré. Bientôt la coupe amère
De l'épouse s'emplit des larmes de la mère :
Un mal que la science, hélas ! ne connaît pas,
Vint frapper votre enfant. Pour vaincre le trépas,
Vous fûtes héroïque. On vous vit, calme et forte,
Pendant de longues nuits, plus pâle qu'une morte,
Épier les progrès du mal, qui sourdement
Mena ce petit ange au fatal dénoûment.
Après tant de chagrins, de veilles et d'alarmes,
Vous n'avez point pleuré, vous n'aviez plus de larmes.
Alors, seule ici-bas, offrant votre âme à Dieu,
Vous avez dit au monde un éternel adieu.

Je vous retrouve enfin, d'humble laine vêtue,
Près d'un lit d'hôpital. Votre force abattue
S'est ranimée au cri de notre humanité
Invoquant le secours de votre charité;
Et ce que vous faisiez, épouse ou jeune fille,
Vous le faites ici : d'une grande famille
Vous êtes mère encore, et votre dévouement
Puise en chaque souffrance un nouvel aliment.

Bien vite, n'est-ce pas, le souvenir s'envole
Des plaisirs énervants de ce monde frivole
Cherchant dans les splendeurs du luxe et de l'orgueil
Le bonheur qui les fuit. Vous, dans ce lieu de deuil
Vous l'avez retrouvé, sous l'habit de servante,
Parmi les affligés que la misère enfante.
Oh! qu'il est doux, ma sœur, qu'il est beau de vous voir
Enchaînée à jamais au sublime devoir
Compris par votre cœur! Poursuivez sans relâche,
De votre apostolat la rude et noble tâche.
De la femme telle est la sainte mission,
Toute de paix, d'amour et d'abnégation.

Aussi, quand nous voyons, dans les temps où nous sommes,
Des femmes, se posant en rivales des hommes,
Revendiquer des droits que seuls nous possédons,
Vous leur diriez sans doute : « Oh ! non, mes sœurs, gardons
« La part que Dieu nous fit, car elle est la plus belle.
« Eh ! n'entendez-vous pas le cri qui vous appelle
« Au berceau de l'enfant ! Soyez la douce main
« Qu'il prenne un jour afin de suivre le chemin
« De ces hautes vertus qui font les âmes fortes.
« Aux indigents ouvrez toutes grandes vos portes.
« Mais souvent la misère aussi veut se cacher ;
« Montez à la mansarde, allez donc y chercher
« L'ouvrier qu'un chômage a privé de salaire.
« Que l'orpheline, en vous, d'un ange tutélaire
« Trouve les soins touchants ; veillez bien sur ses pas
« Afin que dans le vice ils ne trébuchent pas.
« O femmes, il est bon, croyez-moi, qu'un jour vienne
« Où de vous au foyer du pauvre on se souvienne. »

Ah ! s'il m'était permis d'ajouter à cela,
Je dirais à mon tour : un hôpital est là ;

Contemplez cette sœur qu'ici chacun implore;
Elle était riche, noble, elle pouvait encore
Dans le monde éclipser l'éclat de vos beautés,
Savourer des grandeurs toutes les voluptés;
Non, elle a mieux aimé, dans cette longue salle
Qu'habite la douleur, se faire la vassale
De tous les pauvres gens qui souffrent ici-bas.
Elle livre à la mort de bien rudes combats.
Pour tant d'amour, de peine et de sollicitude,
Qu'attend-elle en ce monde? un peu... d'ingratitude;
Mais elle espère, un jour, aller, avec ferveur,
Au ciel prier pour nous la Mère du Sauveur.

FABULETTES.

LE POISSON, LE VER ET L'HAMEÇON.

« Dieu ! quel friand morceau ! » s'écriait un poisson,
En voyant le long ver qui couvrait l'hameçon.
Il mord le ver, soudain sa lèvre est accrochée.
Souvent sous le plaisir une peine est cachée.

L'ARAIGNÉE ET LE VER A SOIE.

Au ver dame Arachné dit : « Je ne te vaux pas ;
Dans notre art de filer je ne suis qu'une élève. »
« — Oh ! non, répond le ver, je te cède le pas. »
Tel s'abaisse souvent pour qu'un autre l'élève.

LE CHIEN DU CHARBONNIER.

Par hasard j'admirai la blancheur d'un caniche
Qui, chez un charbonnier, dormait dans une niche;
Plus tard je le revis tout sale et noir; ainsi
Au contact des méchants l'innocent est noirci.

L'ENFANT ET LE BALLON.

Un enfant qui lançait un ballon dans la plaine,
Voulut savoir de quoi la vessie était pleine;
Il la crève aussitôt : qu'y trouve-t-il ? du vent.
Ce ballon gonflé d'air ressemble au faux savant.

LE CHIEN ENCHAÎNÉ.

Un chien, en gémissant sur son dur esclavage,
Se disait : « Que ne puis-je, hélas ! courir les champs,
Comme ce loup cruel qui porte le ravage. »
Les bons souffrent de voir l'heureux sort des méchants.

LE PHILANTHROPE.

«Tout pauvre à notre aumône est en droit de s'attendre,»
Criait un philanthrope. Un pauvre vient lui tendre
La main, plein d'espérance en son brillant renom.
Notre homme généreux le secourut-il ? — Non.

LES LARMES DE LA VIERGE.

SONNET.

Marie, abaissant sur la terre
L'azur de ses regards si doux,
Ne put voir, sans douleur amère,
Les maux qui nous assiègent tous.

Alors, devant tant de misère,
Tant de malheureux à genoux,
Elle se sentit encor mère,
Et répandit des pleurs sur nous.

Ces divines larmes semées
Dans le cœur des vierges aimées
De la Reine de chasteté,

Comme au sein de fleurs arrosées
Par de bienfaisantes rosées,
Firent germer... la charité.

FABULETTES.

LE CONSCRIT ET SON COMMANDANT.

Du combat un conscrit fuyait : son commandant
Le traite de poltron ; mais soudain le jeune homme :
« Moi poltron, quelle erreur ! Oh non ! je suis prudent. »
Un avare jamais ne se dit qu'économe.

LE CHAT ET LE RAT.

« Frères, disait un chat, croyez-moi, désormais
Des rats inoffensifs ne faites plus vos mets. »
Un rat passe à l'instant, il le croque au passage.
Tel prêche la morale et n'en est pas plus sage.

L'OISELEUR.

Un perfide oiseleur, dans un bois se cachant,
Imite du bouvreuil la voix ; par son doux chant
L'oiselet attiré dans les filets s'engage.
Le méchant, pour tromper, des bons prend le langage.

LE JEUNE RAT.

« Selon papa, ce lard est un appât trompeur,
Disait un jeune rat, c'est un sot, il a peur ;
Mordons. » Il mord, est pris, pleure et se désespère.
Quel enfant ne se croit plus sage que son père.

LA ROBE ET LE SOLEIL.

Une robe était rouge : au soleil on l'étale,
Et sur elle s'étend une douce pâleur.
Aux rayons bienfaisants de la faveur royale
Combien d'hommes d'État ont changé de couleur.

LE NUAGE ET LE SOLEIL.

Un nuage criait : « Dans quelle obscurité
Je te plonge, ô soleil, en te voilant la face ! »
Mais bientôt un rayon le dissipe et l'efface.
L'erreur voudrait en vain ternir la vérité.

POST-FACE.

Lecteur, tu me diras : écrire encore en vers
Quand on a cinquante ans bien sonnés, quel travers !
Je goûte la leçon ; aussi je te l'annonce
Très-prosaïquement, désormais je renonce
A faire aller de pair la rime et la raison.
Vrai poëte, on ne l'est qu'en sa verte saison,
Dans le printemps du cœur. Dès que le front grisonne,
A l'âge où froidement on discute, on raisonne,
Adieu l'enthousiasme ! adieu donc cette ardeur
Qui s'exhale en vers pleins de sève et de verdeur.
Le style alors n'a plus d'éclat, et la pensée
Dans les sentiers battus se traîne harassée.

Plus de vives couleurs, cette fête des yeux !
Plus de ces grands coups d'aile, au vol audacieux !
Froid rimeur, aux leçons de morale on se livre,
Comme tu l'as pu voir, au reste, dans ce livre,
Où tu désirerais, cher lecteur, je le sens,
Bien plus de poésie et bien moins de bon sens.

TABLE.

www.ingramcontent.com/pod-product-compliance
Ingram Content Group UK Ltd.
Pitfield, Milton Keynes, MK11 3LW, UK
UKHW021200220726
13924UKWH00003B/1228

9 782019 222109